AF318063

SCIENCE NOUVELLE

POUR ENTRETENIR

LA BEAUTÉ

OU AMÉLIORER LES TRAITS

DU VISAGE

RIEN QUE PAR SA PROPRE NATURE,

PAR

LUTTERBACH

Auteur des *Différentes manières de Respirer pour entretenir la santé, etc.*

PARIS,

CHEZ L'AUTEUR, RUE SAINT-HONORÉ, 197,

et chez les principaux libraires

—

1853.

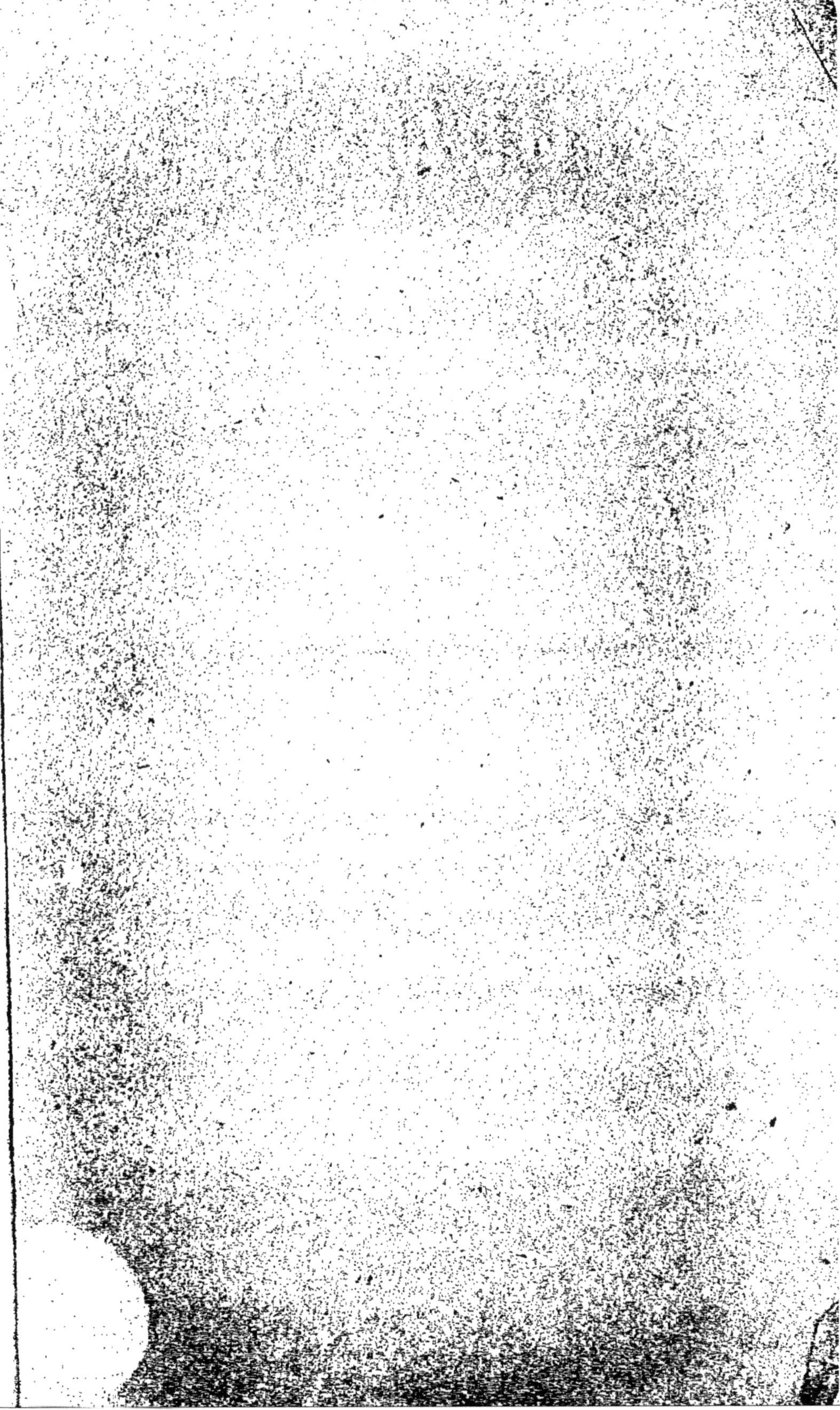

SCIENCE NOUVELLE

POUR ENTRETENIR

LA BEAUTÉ

OU AMÉLIORER LES TRAITS

DU VISAGE

RIEN QUE PAR SA PROPRE NATURE,

PAR

LUTTERBACH

Auteur des *Différentes manières de Respirer pour entretenir la santé*, etc.

———

PARIS,

CHEZ L'AUTEUR, RUE SAINT-HONORÉ, 197,

et chez les principaux libraires

—

1853.

Paris.—Impr. PREVK ET COMP., rue J.-J.-Rousseau, 15.

CHAPITRE Ier.

POUR CONSERVER LA BEAUTÉ.

La conservation de la beauté ainsi que de la santé dépend en majeure partie des impressions senties plus ou moins profondément.

Aussi voit-on les personnes très impressionnables perdre leur beauté plus tôt que les autres, vu que le système sensitif, lorsqu'il est impressionné profondément, attire au centre du corps la force qui devait soutenir sa surface.

Une surprise désagréable, un sentiment contrarié, une conscience froissée, font de fâcheuses impressions sur le visage des personnes sensibles.

Il semble donc que la beauté ne peut durer qu'en état d'insouciance! Eh bien, il n'en sera plus ainsi, car il est possible, et nous le prouverons, qu'on peut, sans nuire à la beauté, conserver un des plus nobles dons de la nature : la sensibilité! Enfin l'on ne sera plus obligé de restreindre ses affections dans la crainte de porter atteinte à son éclat naturel.

Le moyen d'arrêter le ravage que peut causer une mauvaise impression est de faire à l'instant même une contre-impression ou *contre-choc*, ainsi que nous l'avons appelé dans notre ouvrage *Révolution dans la Marche,* partie hygiénique.

Après une chute, une frayeur, ordinairement on prend un verre d'eau pour contrebalancer l'effet du choc ou de l'impression, afin, comme l'on dit, *de remettre les sens ;* mais là n'est pas la seule portée de cette espèce de *contre-choc,* car ce verre d'eau, en faisant gonfler la poche de l'estomac, vient remplir un vide dans le corps. C'est un espace de moins pour le jeu du système sensitif, et par conséquent un amortissement des effets que l'on peut ressentir.

Il est un *contre-choc,* par exemple, plus prompt, plus puissant et plus facile à pratiquer, ce *contre-choc* est l'aspiration ; le corps est-il heurté, l'esprit est-il choqué, on reprend aussitôt haleine avec une force proportionnée à l'effet que l'on ressent. Les poumons se remplissent, leur force d'élasticité s'augmente, la fâcheuse impression rebondit, pour ainsi dire, au dehors avant d'avoir eu le temps de faire son ravage, et ce n'est plus qu'un développement de la poitrine au profit de la santé.

Les personnes délicates de poitrine à qui le

moindre effort cause de la fatigue, devront, pour se soulager, diviser l'aspiration en deux ou trois temps, à peu près de même qu'il arrive à la suite d'un chagrin quand l'on reprend haleine en sanglotant.

On dit plaisamment *que le chagrin engraisse les femmes ;* ce proverbe a quelque chose de vrai pour celles qui soupirent souvent et sanglottent en aspirant, surtout lorsque cette action plaintive leur fait tendre vers le ciel la partie supérieure du corps.

Dans cette position, la poitrine prenant plus d'étendue, fait que l'air y pénètre en plus grande abondance ; c'est une force de plus contre les fâcheux effets qui peuvent se produire.

Un léger chagrin, dans ce cas, peut devenir salutaire en ce que cet exercice de poitrine, joint aux larmes qui s'échappent des yeux, facilite des circulations utile à la santé et nécessaire à la beauté ; car, en agissant ainsi sous l'influence d'un air pur, le sang reprend sa plus vive couleur, par conséquent le teint s'embellit.

Autrement, s'il est urgent de faire le contre-choc dans un lieu où l'air n'est pas convenable, on prend le moins d'air possible et l'on fait la *Nasale :* ce petit exercice a beaucoup de puissance sur le cerveau, il calme à l'instant les effets convulsifs qui se produisent de la tête à l'estomac ; nous en avons donné diverses applications dans notre brochure sur les *différentes manières de respirer*.

On aspire modérément, puis avec abandon et secousse, l'air est poussé rien que par le nez ; mais à l'instant où cet air va sortir, le bout des doigts se porte sur l'entrée des narines, de même que le fait le priseur quand il veut prendre sa prise de tabac, et aussi de même que ce priseur, on remue les doigts, non pas comme lui, pour mieux sentir le goût du tabac, mais bien pour ne pas être suffoqué en arrêtant complétement la respiration. Une autre différence existe entre la Nasale et l'action du priseur : pour celle-ci on attire l'air, pour celle-là on le pousse. Le mouvement de la Nasale est à peu près celui de l'éternument, sauf l'effet convulsif et le bruit qui en résulte ; aussi quand l'on est saisi par l'envie d'éternuer, que le bruit va se produire, si l'on pousse les doigts de manière à fermer les narines, l'effet se concentre en silence et ne représente plus que le mouvement du priseur.

Avis au mari jaloux qui, en faisant le guet, serait pris d'un rhume de cerveau ; il n'aura plus à craindre un éternument indiscret.

On concevra toute la puissance de la *Nasale* pour arrêter la décomposition des traits du visage, si l'on considère qu'indépendamment de l'éternument, ce même exercice amortit le rire nerveux, le bâillement, les tiraillements d'estomac, ainsi que les suffocations qui ont lieu lorsqu'on avale de travers.

Rien qu'en aspirant avec force, on peut déjà amortir un étourdissement subit, puis l'arrêter complétement par la *Nasale*, quand même on aurait la tête pendante.

Ainsi, on n'a plus qu'à faire successivement les contre-chocs par l'aspiration et la nasale, et prolonger cet exercice autant que l'accès de la maladie le réclame.

Nous ne serons pas étonnés, à la première occasion, de voir que des malades seront sauvés par ce principe : de congestions cérébrales, coups de sang, apoplexie foudroyante, et soulagés de l'épilepsie rien que par la *Nasale* pratiquée avec force et précision, c'est-à-dire, en opposant juste, au coup de la maladie, le coup d'aspiration avec une force proportionnée à celle que l'on reçoit, et pousser, dans la même proportion, les doigts sur les narines, pour faire refouler fortement l'air sur le cerveau afin de restreindre l'espace où se meuvent les fébriles sensitives. En arrêtant l'effet sensitif avant qu'il ne gagne la partie musculaire, on n'a plus à craindre les convulsions qui peuvent survenir dans ces sortes d'excitations nerveuses.

Un fou à qui l'on met la camisole pour comprimer ses mouvements, ne court plus les dangers auxquels l'exposent ses membres quand on les laisse en liberté.

La *Nasale* doit être employée essentiellement par les personnes délicates et nerveuses, attendu qu'elles prendraient trop d'activité en établissant le *contre-choc* seulement par la force d'aspiration, par la raison que le corps déjà trop faible proportionnellement à sa force vitale, ne pourrait qu'augmenter sa fatigue par le surcroît d'activité que donne au sang l'abondance d'oxigène qui, dans ce cas, entre dans les poumons.

Une locomotive qui reçoit une plus grande force de vapeur que n'en comporte sa force de construction, court avec plus de vitesse; mais aussi avec le danger d'être brisée.

Il n'en est pas de même pour les personnes douées d'une certaine force de corps, pouvant soutenir la force d'activité, elles devront prolonger le jeu sensitif au lieu de le restreindre; par ce moyen elles feront tourner ces espèces d'exercices accidentels au profit de leur santé.

En conséquence, les personnes, disons-nous, bien constituées, constitueront mieux encore leur force musculaire et leur santé en établissant une espèce de *contre-choc* par la force de mouvement qui doit se produire n'importe comment, pourvu que le mouvement accidentel soit repris assez tôt par le mouvement spontané pour ne faire qu'une seule et même continuité de mouvement.

Nous rapportons à l'appui de ce principe un fait arrivé à une personne de notre connaissance qui, s'étant fortement contusionné les jambes par une chute qu'elle fit en courant, n'a trouvé de soulagement à sa douleur qu'en se mettant à courir aussitôt, dans la crainte que le progrès du mal ne l'oblige à panser sa blessure avant d'arriver chez elle ; mais rendue à son domicile, quel ne fut pas son étonnement, d'une part, de se sentir soulagée, et de l'autre, de voir que la marque du sang extravasé sous la place du coup était presque disparue, ce qui lui donna à connaître que la continuité du mouvement avait reporté dans le torrent de la circulation le sang qui s'en était échappé.

On nous a cité un enfant, à qui ses amis avaient fait une peur subite en le poussant tout à coup sur un cadavre qu'il n'avait pas aperçu. Si on lui eut fait une contre-frayeur, une surprise quelconque, ou enfin s'il se fût mis à l'instant en grande course, il n'aurait pas eu sans doute le malheur d'être atteint d'un tremblement qui ne le quitta qu'avec la vie.

On a vu des personnes qui, par des efforts de bâillements, se sont démis, ou plutôt forcé la mâchoire, puis s'étant trouvées sous le coup d'une secousse ou d'une frayeur, l'une en recevant un soufflet, l'autre en se voyant couchée en joue avec une arme à feu ont senti tout à coup leur mâchoire se remettre par l'effet du mouvement subit que la frayeur leur fit faire.

On a vu plus, on a vu, par le *contre-choc*, pratiquer des opérations extraordinaires. Un individu, dont l'épine dorsale était démise, que l'on fit placer genoux et mains à terre ; dans cette position, il ne pouvait faire le moindre mouvement sans éprouver d'horribles douleurs. Le praticien alors, feignant une sévérité extrême, s'arma d'un fouet comme pour frapper à tour de bras sur son malade. Soit appréhension, soit irritation du patient, il oublia sa douleur et se releva subitement. Cet effort inattendu remit tout à sa place, et il fut sauvé d'une mort certaine.

Au moral, il en est de même, une impression fâcheuse est détruite par une impulsion immédiate ou une contre-impression.

Soit par paroles, soit par action, si l'on reçoit des effets désagréables et que l'on retienne ces effets, ils portent toujours quelques destructions dans le corps dont il reste des traces sur le visage.

Aussi voit-on généralement les personnes qui concentrent leurs pensées, avoir moins d'embonpoint que celles qui établissent un *contre-choc* en rendant paroles pour paroles.

Ce que nous avons dit jusqu'ici est un moyen

général pour entretenir la santé, sans laquelle il n'est pas de beauté durable ; passons maintenant à quelques détails pour la conservation de la beauté.

Pour conserver la fraîcheur des lèvres, la finesse de la peau, etc.

Le moyen de conserver les dents et d'assainir la bouche, que nous avons donné dans notre premier extrait, est aussi celui de conserver la *fraîcheur des lèvres*; ce moyen, le plus hygiénique peut-être que nous ayons, est la respiration *nasa-buccale*, qui s'établit de cette manière :

On aspire par le nez seulement pour rendre l'air entièrement par la bouche, en un, deux ou trois temps, par mouvements balancés, cadencés à volonté, selon le soulagement qui en résulte, ce qui porte sur les lèvres toujours à peu près le même degré de chaleur et d'humidité nécessaires pour entretenir continuellement l'éclat et l'élasticité des lèvres ; tandis qu'en négligeant cette manière de respirer, quand l'air du dehors entre par la bouche, les lèvres peuvent éprouver des transitions de chaleur au froid et d'humidité à la sécheresse, vu la variété de la température.

Ces transitions sont la plus grande cause des gerçures et de la perte de l'éclat des lèvres.

Dans l'intérêt de la beauté, la respiration *nasa-buccale* demande à être pratiquée avec une certaine précision. Il faut éviter que les lèvres ne tombent l'une contre l'autre, ce qui les exposeraient à être entraînées au dehors par l'air qui se trouve gêné à sa sortie de la bouche en faisant la nasa-buccale ; car telle beauté que ce soit, en faisant ressortir ainsi les lèvres, n'en aurait pas moins l'air de faire la moue.

D'ailleurs, plus les lèvres se pressent, plus elles sont impressionnées par la chaleur de l'haleine, qui bientôt dépasse le degré convenable pour entretenir le bel incarnat des lèvres.

Cet indice de santé, ce point essentiel de la beauté du visage, sera conservé intact si la tenue des lèvres est telle qu'elles s'effleurent à peine et de sorte que l'haleine les caresse, pour ainsi dire, en circulant du dedans au dehors de la bouche. Les lèvres seront arrivées à l'exactitude de ce principe quand elle sentiront au passage de l'haleine une chaleur douce et agréable.

Dans cette heureuse tenue des lèvres qui semblent toujours prêtes à se détacher l'une de l'autre, la bouche nous présente sans cesse la naissance du sourire. C'est un charme de plus que nous donne la beauté.

Pour entretenir la finesse de la peau.

La transition subite de température donne de la rudesse à la peau ; la sueur qui séjourne dessus la détériore, et lorsque cette sueur rentre, la peau est doublement exposée par les dangers que court la santé.

D'un autre côté, les impressions morales, en faisant jouer cette multitude de filaments nerveux qui tapissent le visage, tiraillent la peau et l'exposent aux rides, ce qui a lieu indubitablement quand l'on force le jeu de l'expression physique.

Ces disgrâces de la beauté seront épargnées par nos moyens, pourvu que l'on ait un peu de mémoire pour se les rappeler et la bonne volonté de les pratiquer.

En pareille occasion, assurément, la bonne volonté ne fera pas défaut. Quant à la mémoire, elle sera bientôt aidée par la sensation agréable que font éprouver les mouvements que l'on doit produire, et aussi par la pensée de s'épargner la dépression que peut éprouver le visage, quand l'on n'arrête pas l'effet des impressions qui viennent frapper trop fortement le corps ou l'esprit.

Aussi, dès que le visage en état de moiteur est saisi par le froid, doit-on, non pas frotter, mais bien, frétiller toute la partie qui vient d'être impressionnée.

Le frétillement, pratiqué comme il a été dit dans notre ouvrage, est l'exercice le plus efficace que l'on puisse établir; il est le plus salutaire à la santé en même temps qu'à l'entretien de la peau. Ce frétillement régularisé, que nous avons appelé la *frétillette*, s'établit de la manière suivante :

Par un effet de tension musculaire, la main est mise en état de tremblement qui la fait rebondir par de très petits mouvements balancés, cadencés, très rapides et très divisés, de sorte que cette suite de mouvements ne rende qu'une seule et même continuité de mouvements. La *frétillette* bien établie doit reproduire, pour les personnes sensibles, la sensation agréable qu'elles éprouvent quant le velours est agité légèrement sur l'épiderme.

La main, actionnée par cette espèce de frémissement, se promène circulairement sur le visage qu'elle effleure à peine, tandis que le bras, en plein abandon, fait balancer le coude pour faciliter le mouvement de la main. Le visage, qui doit être frétillé ainsi quand il est en moiteur, doit l'être de même lorsqu'il fait ressentir une certaine sécheresse; car le trop de sécheresse met la peau en danger d'être froissée au moindre frottement.

La *frétillette* ouvre les pores de la peau, elle y

fait pénétrer le fluide qui s'échappe de la main, et celui du corps y est appelé par ce frétillement ; sous cette double affluence de fluides émollients, la peau reprend toute son élasticité.

Ce même moyen dont on doit faire le même usage sur les parties du corps exposées à l'air, demande pour le visage le soin le plus recherché. Aussi, devra-t-on, dans ce cas, placer entre la main et le visage un linge de coton blanc, ou de préférence, du velours blanc. Par le jeu de la main, le poil du velours venant pénétrer entre les aspérités de la peau, la dégage mieux de la poussière qui pourrait être retenue dans ses pores, et le velouté de cette étoffe préservera la peau de tout frottement qui toujours produit quelque irritation.

La raison pour laquelle nous donnons la préférence à l'étoffe de coton n'est pas seulement dans l'avantage qu'elle donne de mieux entretenir la douceur de la peau, mais plus encore dans celui de la purifier, de lui donner la santé ; car le capilement très délié du coton fait qu'il pompe avec beaucoup de puissance les miasmes lorsqu'ils pénètrent dans la peau.

Il est reconnu depuis longtemps que le coton a une grande puissance pour absorber les gazs délétères et pestilentiels, aussi le vaisseau chargé de coton est-il, plus que tout autre, strictement soumis à la quarantaine : c'est en ouvrant des balles de coton que le terrible fléau de la peste s'est fait connaître dans nos contrées.

Et ce n'est pas d'aujourd'hui qu'on a su tirer partie de cette puissance du coton en appliquant de la ouate sur la brûlure pour en arrêter les progrès, ce qui a lieu par l'absorption du calorique qui a pénétré dans les chairs.

Plus récemment l'on a pu apprécier cette grande puissance d'absorption sur les gazs fulminants par la découverte de la poudre-coton.

Depuis que la toile de coton a paru, toutes les personnes, à peu près, qui en ont fait usage comme linge de corps, ne l'ont adoptée que par raison d'économie ; mais enfin l'on commence à reconnaître généralement qu'il est préférable pour la santé de porter sur la peau le linge de coton, seulement il demande à être renouvelé plus souvent que le linge de fil, attendu que la plus grande quantité de miasmes qu'il est sujet à absorber peut réagir sur la peau avec plus de force.

Revenons à notre exercice. Après que le velours de coton aura frétillé par tout le visage, on devra faire la *frétillette* à nu afin de mieux obtenir cette souplesse, cette douceur qui convient à la peau, et ceci par l'effet des fluides qui s'échappent en plus grande abondance quand les parties se mettent directement en contact : deux charbons ardents que l'on éloigne l'un de l'autre sont en danger de s'éteindre, tandis qu'en les rapprochant on les voit bientôt reprendre leur incandescence.

De même que pour la transpiration, on suivra les principes ci-dessus après s'être lavé le visage. Dans ce principe est en partie le moyen indiqué dans notre ouvrage *pour les soins à donner aux mains*. La douceur des mains est une coquetterie à laquelle bien des personnes attachent du prix, et elles ont raison, car la main étant le principal organe du toucher, à part les satisfactions que procure ce sens, c'est une précieuse ressource pour le cas où la vue vient à manquer.

Lorsqu'on se met en contact pour le *signe de bonne foi*, la douceur de la main ajoute quelque chose à la douceur du sentiment dont on reçoit la mutuelle impression.

On aura aussi, par les mêmes principes, une partie du moyen donné dans le susdit ouvrage, *pour conserver les cheveux, les sourcils et la barbe.*

L'eau, la poussière, et mille autres choses qui peuvent tomber le long du visage, établissent la plus grande part du mouvement en descendant et finissent par donner un sens à la peau, qui en rend le toucher plus rude en remontant ; aussi doit-on diriger l'action de la *frétillette* principalement de ce côté, afin de mieux unir la peau ; d'ailleurs la sensation que fait éprouver la douceur de la *frétillette* paraîtra plus douce encore dans ce sens, tant il est vrai que la nature nous fait sentir nos besoins jusque dans les plus petites choses.

On ne saurait trop entretenir le velouté, la finesse de la peau, complément de la beauté de cette partie corporelle où se peignent toutes les émotions de l'âme.

Il est des personnes nerveuses, impatientes, qui, par nature, se trouvent dans le besoin de pousser, d'appuyer fortement sur tout ce qu'elles touchent ; ici elles ne pourraient tenir leur main comme suspendues pendant le cours de l'exercice sans en être agacées. Dans ce cas, l'on devra faire **la frétillette rampante**, qui consiste à tenir le bras ferme, afin de concentrer toute l'action dans la main, ensuite, pour remonter le long du visage, la main appuie en tremblottant par l'effet de son action musculaire, qui lui fait gagner petit à petit **du terrain**, et de manière que le visage n'en éprouve aucun frottement.

N'oublions pas, pour la beauté du visage, son plus bel éclat, ce miroir de l'âme, les yeux enfin, dont l'absence de brillant retire à la beauté sa plus belle expression : ce brillant sera entretenu encore par la puissance de la *frétillette*, en faisant rouler dans l'orbite de l'œil cette espèce de pommette que forme le dedans de la main vers la partie inférieure du poignet. Indépen-

damment de la vivacité des yeux, qui est entretenue par cette espèce de *frétillette roulante;* elle
contribuera en outre à la conservation de la santé
de cet organe précieux, et nous verrons plus
loin cette *frétillette* nous venir en aide quand
nous serons arrivés au moyen de faire passer
les rides. La *frétillette* doit se pratiquer sur les
yeux chaque fois qu'ils se trouvent chargés d'humidité, surtout au moment où cette humidité
est sujette à rentrer par un coup d'air ou par
quelqu'autre saisissement, ou encore lorsqu'ils
sont desséchés ou fatigués après avoir fixés avec
trop d'aptitude, ou toute autre cause, enfin, qui
peut faire courir quelque danger à la vue ou
au moins à la beauté des yeux.

Nous l'avons dit pour la santé :

> Tels mouvements entretiennent la vie,
> tels mouvements la détruisent, quand
> pour le choix de ces différents mouve-
> ments il n'est besoin que de notre vo-
> lonté. Ne soyons donc pas le bourreau
> de nous-même.
>
> *Révolution dans la Marche,* page 594.

Il en sera de même pour entretenir la beauté.

La valeur du mouvement peut être apprécié
ailleurs que sur soi-même. Les personnes qui
pourraient croire que l'illusion a sa part dans
l'épreuve, pourront mieux se convaincre en s'a-
dressant aux animaux : un chat, un chien, par
exemple, que l'on veut faire demeurer près de

soi ; qu'à cet effet on leur prodigue des caresses par secousses, ils ne seront retenus qu'un instant, tandis que si on leur promène la main de la tête au milieu du corps par un mouvement de *frétillette balancée*, quand même ce mouvement serait très accéléré, s'il est fait avec douceur et continuité, il pourra arriver que ces animaux restent longtemps sur place comme s'ils étaient magnétisés.

Si des incrédules venaient nous objecter qu'en pareille occasion l'instinct des animaux pourrait avoir quelqu'influence, nous leurs dirions que l'expérience peut se faire sur un être qui n'a ni illusion, ni instinct, un végétal, sur la sensitive enfin.

Longtemps nous avons cru comme bien d'autres que cette admirable plante fléchissait rien qu'à l'approche de la main, par l'influence des émanations qui s'en échappent et peu s'en fallut que nous n'arrivions à penser comme certaines demoiselles à qui l'on fait accroire que la sensitive se fane à l'approche de celles qui sont amoureuses.

La sensitive est devenu pour nous l'objet d'une étude sérieuse. Elle peut être considérée comme la pierre de touche de la valeur des mouvements conservateurs du corps humain ; notre expérience a été conduite de cette manière :

Tous les mouvements que nous avons pu faire n'ont eu aucun effet sur la sensitive tant qu'elle n'a pas été touchée ; mais aussitôt après avoir éprouvé la moindre secousse, le plus petit choc, les feuilles se sont repliées ; puis ayant agité la sensitive avec la même force, mais par des mouvements qui soulagent le corps, les feuilles sont restées intactes. C'est-à-dire que les mouvements saccadés, en frappant irrégulièrement sur les feuilles de la sensitive, les font replier à l'instant ; que les mouvements par secousses réglées et prolongées ou balancées, en prolonge l'effet, et quand on leur imprime seulement une force modérée de balancement, elles se replient avec une extrême lenteur ; enfin, lorsqu'on prolonge le balancement avec beaucoup de douceur, les feuilles de la sensitive n'éprouvent aucune dépression.

Nous avons poussé plus loin notre expérience, en agissant comme sur nous-même par des mouvements qui, d'ordinaire, font éprouver des sensations agréables. La main s'est promenée sur la superficie des feuilles qu'elle effleurait à peine en faisant passer les doigts avec beaucoup de douceur dans le sens des folioles comme pour les caresser, et elles ont paru s'entr'ouvrir.

Il nous restait encore à établir, d'après les mêmes principes, la mesure du mouvement à produire pour ne pas fatiguer la poitrine en faisant sortir l'air des poumons. En conséquence, nous avons poussé l'haleine sur les feuilles comme par coups de soufflet, elles se sont repliées ; ensuite nous avons poussé et retiré l'haleine de manière à faire balancer mollement les feuilles en ayant soin de faire promener le souffle le long de ces feuilles et de leurs folioles, en suivant, pour ainsi dire, le contour de leur mouvement.

Cette dernière expérience nous a donné à connaître que la nature, qui tend à tout régénérer, ne demandait qu'à être aidée pour mieux développer ses phénomènes, puisque cinq à six aspirations et expirations ont suffi pour faire déplier les feuilles de la sensitive, ce qui n'a lieu d'ordinaire que dans l'espace de quelques minutes.

La sensitive sera, pour les personnes délicates, à peu près ce que le diapason est à la voix ; elles trouveront, dans la sensibilité de cette plante, la mesure du souffle qu'elles doivent produire pour s'épargner la fatigue de poitrine, point essentiel pour le sujet que nous traitons et plus encore pour celui qui va suivre.

CHAPITRE II.

POUR AMÉLIORER LES TRAITS DU VISAGE.

Une belle figure, dit-on, *est une lettre de recommandation*, et malheureusement pour les personnes privées de cette qualité secondaire, ce dicton n'est que trop vrai.

Aussi, en présence de tels principes qui frappent de déconsidération la majeure partie de la Société, nous est-il permis de travailler à l'amélioration des traits du visage, sans qu'on ait pour cela le droit de nous taxer de coquetterie.

Jusqu'à ce jour, la science cosmétique de l'hygiène n'a pu réaliser une substance qui puisse s'assimiler convenablement avec la peau.

Il est vrai que, de temps à autre, sur ce point, notre illusion se trouve entretenue par quelques nouvelles compositions qui donnent à la peau une fraîcheur momentanée; mais c'est toujours en irritant le principe régénérateur. Ces moyens forcés nous représentent l'image de la fleur quand elle doit son éclat prématuré à la chaux qu'un jardinier peu conscieneieux a su mettre à sa racine.

En traitant ainsi la peau, elle ne tarde pas à prendre plus de sécheresse qu'auparavant, et dès que son jeu se trouve forcé, ou son tissu s'écaille, ou il se forme des rides plus froncées qu'elles ne l'auraient été sous la seule influence du temps.

Le seul cosmétique qui puisse convenablement s'assimiler avec la peau, de manière à la régénérer, c'est celui que la nature fait circuler de l'intérieur du corps à sa superficie.

Là est toute la puissance du nouveau moyen tout physiologique que nous proposons.

Pour établir ce seul principe vraiment régénérateur, on produit une force par le moyen du rhume factice, exécuté de même qu'il a été dit dans notre extrait *sur les différentes manières de respirer*, c'est-à-dire que : on reprend haleine longuement et de préférence par le nez, puis on applique la main sur la bouche pour en fermer l'entrée, et par l'effet de la volonté, on produit le mouvement de la toux naturelle ; ce mouvement doit se prolonger avec douceur, en ayant soin qu'à sa sortie par la bouche, l'air soit gêné en proportion de la force que l'on veut produire.

De plus, l'impulsion doit prendre son essor du fond de la poitrine pour faire remonter l'air avec douceur et remplir toute la cavité de la bouche en frappant sur ses parois.

L'air poussé ainsi, avec une force prolongée,

sur les parois buccales, s'infiltre à travers ses tissus ; les fluides nourriciers circulent jusqu'à la superficie du visage, et nous ressentons, aussitôt après, un de ces effets bienfaisants et régénérateurs qui constituent la santé.

Dans cette sensation agréable est la preuve que nous sommes arrivés à notre but. Nous l'avons dit et prouvé logiquement dans notre ouvrage : quand le corps et l'esprit sont dans leur état sain, nous sommes prévenus par cette voix de la nature : la sensation agréable est l'avertissement que la partie qui en est impressionnée se régénère, et cette même partie est en voie de destruction dès qu'elle nous fait éprouver de la douleur. Nous l'avons de même prouvé : quand le corps se met en mouvement, toute partie qui conserve de la raideur reçoit la réaction de ce mouvement. En faisant le rhume factice, conservons donc toute la souplesse possible, afin d'éviter cette réaction qui détruirait ce que nous aurions pu obtenir.

Toutes les positions du corps sont bonnes pour l'exécution du *rhume factice,* pourvu que l'on cède mollement à l'impulsion en la suivant du côté où elle nous entraîne. Couché, on se roule d'un côté à l'autre, de sorte que le mouvement du corps balance et prolonge celui de la toux. Assis, on se balance d'avant en arrière avec tout l'abandon possible, usqu'à soulever les pieds et coucher la tête si l'on se trouve en position de le faire.

L'action mouvante de la marche est très propice à l'exécution du rhume factice, vu que l'entraînement du corps dans son entier adouci toutes les secousses qu'il produit. Dans ce cas, la tête se porte en arrière pour revenir en avant au moment de la toux, si ces deux forces viennent tomber juste d'accord avec celle de la marche, le corps se transporte avec la plus grande facilité.

Ce moyen, pratiqué avec persévérance, pourra venir doublement en aide aux personnes qui voudraient se soulager des fatigues en marchant et travailler en même temps à leur beauté. Ce double avantage s'obtiendra par le *rhume factice*, et elles en seront quitte pour s'entendre adresser quelques condoléances par certaines personnes qui pourront les croire véritablement enrhumées.

Lorsque les poumons se trouveront embarrassés, la toux factice pourra occasionner la toux naturelle : tant mieux, ce sera un mal pour un bien. Quand la nature fait les premiers frais, nous n'avons qu'à la suivre pour arriver plus vite à notre but. Cette toux prématurée est la sauvegarde d'un rhume sérieux qui ne se déclare ordinairement qu'après une certaine quantité de matière amoncelée dans les poumons. Si, par le moyen d'un exercice, on les purge, on les récure, pour ainsi dire, il n'est plus de rhume possible. Il serait donc salutaire de pratiquer tous les jours, surtout le matin au moment du réveil, le rhume factice. Cette innovation est le moyen le plus prompt pour obtenir la beauté, en travaillant à sa santé.

Dans notre brochure sur l'*Art de respirer*, on trouvera le moyen de faire passer la douleur de dents à l'instant même. On pourrait y ajouter cet avantage de pouvoir en même temps faire tourner ce moyen au profit de sa beauté.

Maintenant que nous avons une force pour soulever la peau du visage lorsqu'elle vient à s'affaisser, nous allons donner la manière de conduire cette force, de sorte qu'elle porte les fluides naturels à l'endroit où ils font défaut.

Direction des fluides naturels ou moyen physiologique, mécanique et orthopédique pour améliorer les traits du visage.

Quand on veut faire ressortir les joues également, on pousse l'haleine en pleine bouche par la force du *rhume factice* établi comme il a été dit plus haut. Si l'on ne veut qu'augmenter le haut des joues, on pousse dans le haut ; et enfin dans le bas, lorsque cette partie seulement n'est pas assez ressortie.

Mais si une seule joue s'est amoindrie, que l'on ne doive agir que d'un côté, il faut, au moment de l'impulsion, appliquer la main sur la joue la plus forte et laisser l'autre joue en plein laisser-aller, afin de maintenir l'une et faciliter l'extension de l'autre.

Le même principe doit être observé pour toutes les parties du visage, c'est-à-dire qu'au moment où l'haleine pousse, la main ou le doigt presse suivant l'étendue de la partie qui doit rester intacte, et l'on doit laisser libre celle qui a besoin d'être ressortie.

Par la même raison, si une partie de chaque côté du visage a besoin d'être maintenue, les deux mains presseront chacune de leur côté ; comme il arrive, par exemple, lorsque la peau des joues se relâche, qu'il se forme de chaque côté du visage, à partir du nez, au dehors de la bouche, un plis oblique, ici au moment où l'haleine pousse, chacun de ces plis doit être pressé par l'index de chaque main ; dans ce cas la main ne pouvant s'appliquer sur la bouche, on aura, pour soutenir l'impulsion de l'haleine, à croiser les lèvres : la lèvre du haut passe par-dessus celle du bas qui à son tour glisse sur celle du haut afin de soutenir et prolonger la force qui la pousse. A défaut des deux mains, le pouce appuie sur un pli et l'index plié sur l'autre pli, chacun de son côté fait porter l'ampleur de la peau du côté de la joue pour fournir à son augmentation. On dit qu'*avec le temps l'on vieillit.* Ici nous pouvons exprimer le contraire; car avec une patience raisonnée et de la précision dans l'exécution de nos moyens, *avec le temps l'on pourra physiquement se rajeunir.*

Quant aux lèvres, si elles présentent quelque chose de disgrâcieux, que l'on veuille faire ressortir celle du bas ou celle du haut, on tiendra l'une appuyée sur les dents, tandis que l'autre sera abandonnée à l'impulsion du *rhume factice* ou du rhume naturel s'il se produit. Puis, en adoptant pour respiration habituelle la *nasabuccale,* page 11, et en soutenant la même tenue des lèvres, on arrivera à son but encore assez promptement.

Les grandes bouches pourront être diminuées par les mêmes principes de respiration, en tenant les lèvres en conséquence et moyennant qu'au moment de la toux le pouce et l'index se posent de chaque côté de la bouche, au-delà de son extrémité, afin que la peau des côtés inférieurs du visage se prête sous la pression des doigts qui doivent faciliter les lèvres à se refouler sur leur longueur, c'est-à-dire, étudier ce tiraillement que le rire involontaire établit sur le visage, pour faire juste le contraire, et si l'on

.est saisi par le rire nerveux, il est essentiel de le comprimer par l'exercice de la *nasale*, page 6.

Les bouches de travers pourront avec le temps faire disparaître cette imperfection du visage par la rétraction d'un côté de la bouche, en laissant l'autre côté sous l'influence de l'extension, ainsi qu'il a été dit.

Les lèvres plates, les lèvres minces, considérées comme l'emblème de la trahison, pourront être modifiées en s'y prenant de cette manière. Au lieu d'appliquer la main sur la bouche pour arrêter l'haleine, ainsi qu'il a été dit plus haut, on place l'index entre les lèvres suivant leur longueur. Dans cette position, le doigt suit le mouvement des lèvres quand la force de l'haleine les pousse et les repousse au dehors. Ce jeu du doigt qui se trouve tenu et poussé, tire les parois intérieures des lèvres au profit de leur extérieure, et les lèvres finissent par ressortir, moyennant que cette extension soit soutenue continuellement par la respiration *nasa-buccale*.

Pour le cas où la lèvre supérieure relève d'un seul côté et laisse voir les dents, ce qui annonce la dérision, le mépris, expression assurément qui n'est pas du goût de la meilleure société, il suffit de faire étendre le dessus de la partie qui relève ; en conséquence, le doigt se pose sur cette partie tendue et pousse en descendant, tandis que l'on dirige la force expansive de manière que les lèvres soient poussées, d'autre part, à l'opposé.

Quand même la lèvre relèverait régulièrement au milieu, on n'en devra pas moins suivre le principe ci-dessus, vu que cette position de la lèvre supérieure présente toujours quelque chose, sinon de dédaigneux, mais au moins une espèce d'insouciance.

N'oublions pas la petite disgrâce des lèvres trop ressorties, qui, du reste, nous promet la franchise, la bonté ; pour ce naturel trop prononcé, nous n'avons pas d'autre moyen que la pratique de la respiration bucca-nasale, en suivant les mêmes principes que pour la nasa-buccale.

La bucca-nasale est tout simplement la manière de respirer qui fait prendre l'air par la bouche pour le rendre par le nez. Mais il est bien entendu qu'il y aurait quelque danger à respirer ainsi si la bouche n'était pas complètement saine, attendu que l'air, en passant par cette voie, y prendrait un mauvais principe et le porterait aux poumons.

La *nasa-buccale* viendra souvent à propos pour faire rentrer les joues rebondies et fortement colorées, vu que, ordinairement, c'est un signe de trop de santé. Seulement, de même qu'il a été dit pour entretenir la beauté, on aura soin de tenir les lèvres de manière à ce qu'elles se touchent à peine, afin d'entretenir cet attrait que présente le visage quand la bouche semble toujours prête à sourire.

La mastication, par son exercice si souvent répété, peut modifier la forme du visage, aussi la ferons-nous entrer comme moyen dans notre traitement orthopédique ; en conséquence, si un côté du visage a moins profité que l'autre, on donnera plus d'exercice à ce côté amoindri en prenant l'habitude de manger de ce côté-là.

Dans notre premier chapitre, nous avons donné le moyen d'entretenir la vivacité des yeux, s'il était utile de l'obtenir quand elle fait défaut, ou de faire subir aux yeux un traitement orthopédique, on aurait recours à notre ouvrage au complet, où l'on trouvera le moyen *de faire ressortir les yeux lorsqu'ils sont trop caves*, tout en se fortifiant la vue, et celui *pour redresser les yeux* lorsque l'on a cet inconvénient si disgracieux au visage, celui de loucher.

On aura aussi recours au même ouvrage quand il s'agira de modifier la forme du nez, qui est quelquefois si bizarre, car l'admiration que l'on pourrait avoir du reste d'une belle figure se trouve détruite aussitôt que l'attention se porte sur ce saillant et qu'il a quelque chose de disgracieux.

Jusqu'ici nous avons donné les moyens pour entretenir la beauté et modifier les formes du visage. Passons à l'amélioration de sa superficie.

ACCUEIL. 

Afficher qu'on peut faire passer le mal de dents par un jeu de respiration, — en faire cesser la douleur à l'instant même, — rappeler que ce moyen est expliqué dans la brochure *sur les Différentes maniès de respirer*, — n'est pas, je crois, un motif qui doive exciter la colère de qui que ce soit, et cependant le tyle d'une lettre anonyme que j'ai reçue me donne à connaître que j'ai fait un mécontent.

Une telle lettre assurément ne mérite pas qu'on s'en occupe; mais comme la cause paraît provenir l'incrédulité sur ma doctrine nouvelle touchant l'amélioration de l'espèce humaine, je ne puis garder le silence.

Pour être mieux à même d'apprécier mes œuvres, cet incrédule peut venir sans se faire connaître; peut-être serais-je assez heureux de le persuader qu'il existe encore des hommes qui travaillent véritablement dans le but de faire du bien à leur semblable, en voyant que je suis toujours prêt à donner les preuves de ce que j'ai avancé dans mes publications *sur la Marche* et *sur la Respiration.*

Il en sera de même pour l'ouvrage qui est sous presse : SCIENCE NOUVELLE POUR AMÉLIORER LES TRAITS DU VISAGE RIEN QUE PAR SA PROPRE NATURE.

LUTTERBACH.

Ce 29 Septembre 1833.

Paris. — Impr. PREVE et Comp*, 15, rue J.-J.-Rousseau.

Moyens complémentaires
ou cosmétique naturel pour la beauté du visage.

A la force poussée de la poitrine vers le visage , nous joindrons le frétillement de sa superficie pour y faire pénétrer le cosmétique le plus convenable à la peau. Ce cosmétique est l'haleine, dont nous ferons connaître le principe nutritif. En mettant ainsi le visage entre deux forces nourricières, on peut juger s'il doit profiter rapidement.

En conséquence, nous préluderons par le même moyen qui a été donné au premier chapitre *pour entretenir la beauté*, c'est-à-dire que nous placerons entre le visage et les mains soit de la mousseline, soit du calicot, ou tout autre linge blanc de la même substance ; mais de préférence du velours de coton blanc pour exécuter aussi la frétillette balancée, cadencée, page 14, et compléter ce moyen par l'addition de notre cosmétique naturel.

La paume des mains soutient l'étoffe sur le menton, tandis que l'on établit le rhume factice page 24, pour faire porter sur toute la face l'haleine qui se répand sur le velours.

Puis les mains en frétillant se rapprochent de chaque côté du nez et couvrent tout le visage, pour remonter et , sans interrompre le frétillement, s'écarter jusqu'au dehors des tempes, descendre le long des oreilles et revenir à leur première position. Ce mouvement circulaire doit se répéter successivement jusqu'à ce que l'on ait besoin de reprendre haleine.

Ensuite les mains laissent descendre l'étoffe au-dessous du nez pour faciliter l'aspiration, puis on recommence ce même exercice tant que le visage en éprouve une sensation agréable.

On reconnaîtra bientôt que le cosmétique le plus favorable à la peau est l'haleine prise au moment où elle s'écoule des poumons ; car venant d'user son oxigène à vivifier le corps, elle ne peut que modifier les effets de l'air extérieur qui continuellement anime le visage.

Il est vrai que la vivacité de l'air qui vient frapper le visage est un excitant pour attirer le principe nourricier; mais aussi quand ce principe, qui pousse de l'intérieur, manque de force, que l'oxigène de l'air l'emporte ; dans ce cas, le mordant de l'oxigène fait que la peau se trouve rongée , pour ainsi dire, avant d'être régénérée et le visage s'amoindri. C'est ce qui nous explique un des cas où l'on maigrit sans perdre la santé et pourquoi le malade succombe en croyant se rétablir au milieu d'un air vif.

Quand l'azote de l'air est dégagé de son oxigène, si nous le faisons pénétrer dans la peau, il y porte la nourriture et le calme.

L'azote éteint la combustion, donc nous ne devons pas nous étonner qu'il soit favorable au visage dont la peau étant des plus irritables devient brûlante lorsqu'elle est agitée ; et nous n'avançons rien de trop en disant que cette majeure partie de l'air comporte un principe nutritif, puisque dans ces derniers temps, de nouvelles expériences chimiques ont donné la preuve qu'une partie de l'azote respiré était absorbé pour l'alimentation.

Patience, petit à petit la science fera mentir le proverbe : *on ne vit pas de l'air du temps*.

Quand nous plaçons la cotonnade entre la main et le visage, nous diminuons la puissance des qualités qui doivent profiter à la peau ; mais cette précaution est nécessaire jusqu'à ce que le frétillement de l'étoffe ait donné la certitude que les deux parties qui doivent agir à nu, soient bien dégagées, ainsi qu'il a été dit *pour la conservation de la beauté*, autrement le visage pourrait prendre une couleur défavorable.

L'application inattendue de notre cosmétique, dont la nature fait tous les frais, servira de complément aux divers moyens donnés dans notre ouvrage pour conserver *les cheveux*, etc., *et leur couleur*. Quand les mains à nu, imprégnées de l'haleine feront leur tour sur le visage, elles porteront principalement le principe d'humidité sur les tempes, à cet endroit où les cheveux montrent les premiers, *les fleurs de cimetières*, dit-on, car si les cheveux blanchissent plutôt sur cette partie de la tête, c'est bien par le manque d'humidité naturelle qui leur est enlevé par l'air, qui vient surtout lorsque nous marchons, s'engouffrer derrière les oreilles comme dans une espèce d'entonnoir.

La preuve que l'haleine est un conservateur du système capilaire est sur les hommes qui portent toute leur barbe ; car généralement on voit la moustache et le haut de la lèvre inférieure conserver en dernier leur couleur, sans doute parce qu'en se mouchant, en respirant, ces parties sont les plus sujettes à être imprégnées de l'haleine, et cet effet serait encore plus répandu si nous n'avions à faire la part des personnes qui sortent beaucoup, vu que si l'air et les rayons du soleil viennent souvent frapper sur ces parties lorsqu'elles sont en état d'humidité, c'est une cause de destruction.

La toile écrue que l'on étend sur le pré, blanchit rapidement quand, après l'avoir arrosé, elle se trouve sous l'influence de l'air et du soleil.

Ceci doit nous rappeler à la mémoire combien il est important de frétiller une partie humide, quand elle se trouve exposée aux impressions de l'ardeur du soleil ou de l'air agité.

En posant la main au-dessous du nez, de sorte qu'elle fasse, pour ainsi dire. couvercle à la lèvre supérieure et au menton, on garantira ces parties des effets destructeurs du temps si la *nasa-buccale*, page 11, fait répandre l'haleine entre la main et le visage, tandis que le menton établit une espèce de mouvement continu pour faciliter cette expension. Cet exercice, qui peut être soutenu par le rhume factice, page 24, doit se pratiquer aussitôt que l'on ressent le besoin de faire porter à la peau les fluides émollients.

Le soleil luit pour la jeunesse, en fait de moyens régénérateurs ; aussi, la jeunesse pourra profiter rapidement de notre *orthopédie de la beauté ;* car bien entendu que plus nous avançons en âge plus la nature présente de lenteur ; mais en compensation l'âge donne de l'attention, de la persévérance pour exécuter ce travail avec plus de précision, et si nos traits ne s'améliorent pas en un jour ne perdons pas patience, avec le temps nous sommes certains que l'on peut toujours obtenir quelque chose.

Je le garantis, et si je puis me donner pour preuve, je dirai que depuis l'âge de connaissance jusqu'à cinquante ans, il m'a fallu, bon gré mal gré, entendre murmurer sourdement cette épithète à mon adresse : Est-il laid ! ou prononcer plus modestement : Il n'est pas beau... Mais depuis que j'ai fait usage de nos moyens naturels, les yeux ont repris une meilleure couleur et la vue a gagné de la force, si bien que maintenant je ne suis plus assujetti à porter des lunettes, appareil incommode qui assurément ne contribue pas à donner un air de jeunesse.

Avec l'amélioration des yeux est venu la disparition des rides dites *pattes-d'oie*, qui viennent de chaque côté des yeux comme pour montrer un indice de vétusté en parallèle avec les cheveux chenus des tempes. Quant aux rides du front elles n'ont pu diminuer que proportionnellement au peu de temps que j'ai pu leur consacrer; d'autre part, la face présente un peu moins de cavité; seulement ces quelques nuances chenues parsemées parmi les cheveux et la barbe, ces nuances blanches qui sont loin de ressembler aux étoiles du firmament, n'ont pu disparaître; car nous n'avons, jusqu'à présent, que le moyen de modérer le progrès de cette marche, une fois qu'elle est commencée.

Il n'en sera pas de même du nez, qui a conservé une certaine longueur, et pour lequel je crois pouvoir affirmer qu'il ne se passera pas des années avant que j'ai donné la preuve sur moi-même que le moyen de raccourcir le nez n'est pas un moyen illusoire, ce dont le public ne pourra douter, si ce changement a lieu, puisqu'il a plu à M. Alphonse Karr de constater, dans le journal *Paris*, que j'avais le nez long.

En somme, malgré toutes les améliorations à faire sur mon physique, il commence à m'attirer moins de disgrâce, et cependant je suis resté dans les mêmes conditions de fatigue, plus même, le travail littéraire dont je suis encore dans les difficultés de l'apprentissage. On pourra donc juger par là de tous les bienfaits que pourront obtenir, de notre nouvelle science, les personnes qui se trouveront dans des conditions plus favorables.

Passons au traitement des rides.

Pour faire passer les rides.

Chaque repli de la peau qui forme une ride est considéré par la coquettetie comme un affront que le temps imprime sur le visage, tandis que ces traces sont souvent une marque d'activité intellectuelle de l'homme consciencieux, qui aime mieux souffrir en concentrant ses actions que de suivre ses épanchements aux dépens de ses semblables; il serait donc plus rationnel de considérer les rides comme *des décorations morales* dont la nature nous gratifie.

Mais enfin, puisque les mœurs sont telles que *paraître jeune* est la devise des gens qui fréquentent le monde, nous aller tâcher de satisfaire cette majeure partie de la société.

Jusqu'à présent toutes les ressources de la

chimie n'ont pu suffire pour arriver à faire passer les rides. Il est vrai que le principe astringent des cosmétiques fait rentrer la peau, mais c'est toujours en y portant un principe d'irritation qui finit par lui donner de la sécheresse ; dans cet état, la peau manquant d'élasticité, si peu que l'on force son extension, elle ne rentre plus.

Par exemple, quand le genou plie avec le pantalon de drap, bientôt, à la place du genou, il se forme une espèce de godet que l'on ne peut faire rentrer si ce drap est desséché.

Donc, la première condition pour faire rentrer les rides est de rendre à la peau le plus d'élasticité possible.

Nous avons été à même d'apprécier combien l'élasticité de la peau était une garantie contre les rides, car ayant remarqué des personnes d'un certain âge dont le front n'était pas ridé, nous en cherchions la cause, lorsqu'au même moment nous vîmes le front de ces mêmes personnes se sillonner de rides, puis revenir aussi unis qu'auparavant. Ce degré d'élasticité est la première garantie contre les rides.

Les habitants des campagnes, au milieu du calme des champs, ne sont pas sujets à ces irritations nerveuses qui tiraillent la peau du visage ; néanmoins l'habitant des campagnes a le front plus ridé que ne l'ont ceux qui restent habituellement à la ville, et cependant ces derniers se trouvent continuellement exposés à se débattre, pour ainsi dire, au milieu d'une agitation mondaine, agitation qui ne peut qu'user le corps et, par conséquent, altérer les traits du visage.

L'habitant des campagnes a plus de rides, par la raison qu'il se trouve souvent sous l'influence du hâle ; cette chaleur sèche durcit la peau, lui fait perdre son élasticité, et la met par conséquent dans les conditions les moins favorables au but que nous nous proposons.

En observant les jointures du corps, à l'endroit où deux parties de la peau sont plus sujettes à se mettre en contact, nous voyons qu'il ne s'y forme pas de rides, ce qui nous donne à connaître que le moyen le plus naturel, le plus certain de faire rentrer les rides, est de traiter la peau par la peau.

Procédons : La *frétillette refoulante* attendrira et refoulera la peau ; elle s'établit de cette manière : on ouvre la main le plus possible, de sorte que la peau du dedans soit tendue, elle s'applique sur la partie à refouler et l'effleure à peine en frétillant. Dans cette position mouvante la main en balançant de droite à gauche, se détend petit à petit afin que la peau, en revenant sur elle-même, communique cet effet de refoulement à la peau sur laquelle elle appuie.

La peau des deux parties ainsi en contact, acquierra bientôt une certaine moiteur qui établit une des meilleures conditions pour faire rentrer les rides.

Une autre condition non moins essentielle pour refouler plus facilement la peau est de choisir le moment où la nature commence ce travail, c'est-à-dire quand la force vitale s'est portée à la peau, et que cette force commence à se retirer vers le centre du corps, lorsque la peau enfin, après avoir été gonflée commence à rentrer naturellement ; cette disposition du corps rend la peau très propice à l'action de la *frétillette refoulante*, surtout si on l'exécute au moment du réveil, ou comme repos, à la suite d'un exercice qui a mis le sang en mouvement.

Ces dispositions suffiront pour faire passer les rides qui commencent à se former, et plus facilement encore celles de chaque côté des yeux, qui se passent par la simple *frétillette roulante*, pour entretenir l'éclat des yeux, page 18 ; mais pour des rides prononcées, ces moyens présenteraient trop de lenteur ; dans ce cas, on augmente la puissance de la frétillette en y faisant participer ainsi les deux mains : celle qui se pose sur la partie ridée est soutenue par un de ses doigts que l'autre main soulève, la main ainsi soutenue, prenant davantage d'extension, elle refoule avec plus de facilité, et soutient mieux la fatigue de cette espèce de frétillette, qui dans notre ouvrage a été désignée sous le nom de *refoulette*.

La main, dans cette position, roule pour ainsi dire, de la paume au bout des doigts, quand la partie présente assez d'étendue, ainsi que le permet la surface du front. Dans le cours de ce trajet, la main, pour refouler, frétille en balançant de droite à gauche, et pour donner plus de douceur aux mouvements, on tend à leur donner une impression circulaire, de plus cette douceur de mouvements est entretenue par le coude qui tourne du dehors au dedans par un léger mouvement d'abandon.

On doit prendre attention à ce que la main pèse toujours perpendiculairement, afin de ne pas tirer la peau d'aucun côté et aussi prendre soin de ne pas la presser, ce qui en chasserait les fluides, si nécessaires pour entretenir son élasticité.

En outre, la main doit tendre à diriger son mouvement de manière à entraîner l'emplcur de la peau du côté où il y en a le moins.

Dans ce cas, pour s'exercer et en même temps pour se donner la preuve que l'on est arrivé à faire la *refoulette* convenablement, on superpose deux étoffes de laine, comme l'on pourrait dire du drap plié double, que l'on étend sur une table polie, afin que cette étoffe soit sujette à glisser au moindre frottement. L'étoffe de dessus est tenue lâche à l'imitation de la peau ridée.

Dans cette position, les mains se promènent

en faisant la *refoulette* , telle que nous l'avons expliqué. Si par la rapidité et la légèreté du mouvement, l'on est parvenu à faire glisser et disparaître les plis sans que l'étoffe de dessous ait bougé de place, on est en mesure pour établir la frétillette de manière à refouler la peau sans y porter l'irritation.

Nous avons vu des personnes qui, pour se faire passer les rides, tiraient la peau dans la longueur de plis, et ce n'est pas sans raison ; par exemple, si les rides suivent la largeur du front, c'est que la peau a été forcée dans le sens de la hauteur ; donc, si l'on tire les plis selon leur longueur, quand la peau revient, ces plis se déforment ; mais, à moins que l'embonpoint ne survienne, nous laissons à penser l'effet que doit produire à la vue la peau qui a prêté sur tous les sens. Néanmoins, ce moyen a son utilité puisqu'il nous rappelle un principe à suivre, celui de frétiller la peau suivant la longueur des plis.

Quand la main est restée en jonction un certain temps, qu'il s'établit entre les deux parties une transpiration, il est utile que les mains quittent la place pour se frotter d'abord l'une contre l'autre, puis sur du linge blanc, et ensuite les doigts en font autant suivant la longueur des rides, pour faire rouler au dehors les moindres atomes de poussière qui pourraient être retenus dans les pores de la peau.

En frottant la peau que l'on traite, on doit prendre la plus grande attention à ne pas y attirer le sang; car si le sang vient soulever la peau nouvellement refoulée, on court grand risque de faire ressortir les rides au lieu de les réduire.

Une dernière précaution est à prendre à la suite du manipulement de la peau : Il faut éviter qu'elle ne sèche à l'air, ce qui lui ferait perdre de son élasticité, en conséquence, la main se pose en frétillant sur la partie humide, elle balance, roule, se lève par rebondissement et va se sécher en frottant sur l'autre main, pour recommencer le refoulement tant qu'il ne se porte pas d'irritation à la peau.

Et pour éviter que le sang ne réagisse sur la peau, on choisit la main qui présente le plus de rapport de chaleur avec la partie sur laquelle elle doit se poser ; autrement, elle doit être soutenue avec une extrême légèreté, de sorte qu'elle effleure à peine la peau en tremblottant, en voltigeant, pour ainsi dire, comme l'insecte qui se tient sur la surface de l'eau sans se poser. Ce n'est qu'après avoir donné le temps aux parties d'être en rapport de chaleur, que la main se pose ainsi qu'il a été dit.

Nous porterons plus loin le moyen pour faciliter le refoulement de la peau. Partons d'un principe : le sang va toujours où il y a mouvement :

quand ce mouvement est d'accord avec celui du sang, le sang circule avec plus de facilité, autrement il s'irrite et pousse avec trop de force, ce qui présente, pour notre sujet, l'obstacle le plus difficile à vaincre, vu qu'il tend la peau à mesure que nous la refoulons.

Qu'avons-nous à faire en pareille occasion ? on l'a deviné, sans doute. Nous accorderons lesdits mouvements de la manière suivante :

La main qui refoule est soutenue, vers le poignet, par l'autre main, le pouce ou le doigt posé sur le pouls, afin d'en sentir le battement. A chaque fois que la pulsation fait soulever la peau, on appuie avec douceur, comme pour repousser le sang par élasticité.

Si l'on considère l'influence que peut avoir sur la santé dans le cas d'irritation, cet accord de mouvements, au lieu de perdre patience, ce nouveau traitement pour faire passer les rides pourra devenir une occupation très intéressante.

D'ailleurs, l'idée de se rajeunir donne de la persévérance, et le moindre résultat obtenu sur ce point fera oublier tout le temps passé à ce nouvel exercice.

Les personnes qui ne craignent pas de faire des sacrifices, dans le but d'améliorer leur physique, pourront avoir recours aux appareils proposés dans notre ouvrage, pour établir une espèce de bains pneumatiques désignés sous les noms de *bain de beauté* pour le visage, et *bain de Jouvence* pour le corps dans son entier.

Sans sortir de nos moyens naturels, nous allons donner celui adressé essentiellement aux personnes maigres qui désirent travailler à leur beauté.

Pour se donner de l'embonpoint.

Le siége de la beauté est établi sur un certain degré d'embonpoint; aussi cette observation est-elle consacrée par le proverbe : *Il n'est pas de belle peau sur les os.*

Les personnes qui ne possèdent pas un embonpoint suffisant pourront avoir recours aux indications suivantes :

Pour règle générale, on devra, le plus possible, faire son repas d'un seul trait, c'est-à-dire, manger sans interruption du commencement à la fin du repas, faire usage d'aliments calmants et très nourrissants, boire peu, prendre fréquemment de l'exercice, mais de peu de durée et de manière à ne pas se fatiguer, c'est-à-dire ne pas briser les mouvements, attendre que l'élan soit près de cesser pour le reprendre comme par balancement; en outre, pour prendre son repos, il faut attendre que le corps soit rentré dans le calme, afin qu'il profite mieux des effets régénérateurs du sommeil.

Si l'on veut travailler hygiéniquement à son embonpoint, la première condition est de bien s'assurer si l'on est en état de parfaite santé, autrement, à mesure que le corps prendrait du volume, de plus en plus il fournirait de la matière pour alimenter la maladie ; mais si le corps est en santé, que l'on travaille à son embonpoint en vue de sa beauté, on doit encore, pour la même raison, porter son attention à ce qu'il n'entre dans le corps que de la nourriture saine, afin qu'il en résulte une belle carnation.

Ici l'usage continuel de la respiration nasa-buccale, page 11, est de rigueur, on doit même la rendre progressive quand approche l'heure du repas ; ce jeu de respiration est à peu près l'exercice respiratoire donné au premier chapitre *pour purifier la bouche*, c'est-à-dire que, de temps à autre, en pressant les lèvres davantage, on pousse en même temps l'haleine comme par coups de soufflet. La salive se répand dans la bouche, elle l'épure, et l'expectoration achève ce petit exercice hygiénique qui doit précéder le repas.

La prudence veut que l'on agisse ainsi, afin d'être plus certain que les aliments ne perdent pas de leur pureté à leur passage dans la bouche, et aussi pour bien disposer la fonction salivaire si nécessaire à la digestion.

On devra composer son repas de potages et légumes farineux, de viandes rôties ou cuites dans leur jus. Les boissons douces, rafraîchissantes et non spiritueuses devront avoir la préférence, ainsi que, pour dessert, les fruits très doux et bien mûrs ; on pourra les remplacer, soit par des salades douces et calmantes, telles que mâches ou laitues, ou enfin par des pâtisseries non échauffantes, ainsi que le comporte le principe des tartres aux pommes, aux pruneaux, etc. Les personnes qui digèrent facilement pourront, faire usage de tartres à la frangipane, de flan, ou de tout autre pâtisserie douce et nourrissante.

On boira lentement, peu à la fois, et le moins possible. Le principe gazeux de l'eau de Seltz, salutaire aux estomacs paresseux, facilite l'embonpoint ; c'est une force qui pousse les molécules nutritives à travers les organes ; elles arrivent plus facilement jusqu'à la superficie du corps, et la peau est mieux soulevée par les sucs nourriciers.

C'est après s'être mis dans de semblables conditions, sans doute, que maintes personnes ont obtenu de l'embonpoint, rien que par l'effet d'un seul repas.

Le millet, que l'on trouve complètement en farine chez les marchands de comestibles qui tiennent spécialement l'article Potage ; cette espèce de farine, qui peut aussi se préparer pour dessert, est un aliment très nourrissant et des plus propices à l'embonpoint, en ce qu'on peut en manger beaucoup, même à la fin du repas, sans crainte d'indigestion, vu la grande facilité avec laquelle l'estomac digère cet aliment. On en fait usage dans quelques contrées du midi de la France.

La farine de millet, dont la graine est originaire de l'Inde, est employée avec succès dans ce pays par les femmes qui désirent obtenir de l'embonpoint. Si le goût du millet fait éprouver quelque répugnance, on le remplace par le tapioca, fécule provenant de la racine du manioc importé des Antilles, qui, étant préparé pour potage, est un aliment très nourrissant; il donne de la force en même temps que de l'embonpoint.

S'il est utile d'augmenter la force vitale, on fera usage en outre du chocolat analeptique au salep. Cette substance, dont la base est le tapioca, rétablit les forces et dispose à l'embonpoint.

Les viandes fraîches, rôties ou cuites dans leur jus, donnent l'embonpoint le plus durable; et tant que l'on pourra aspirer la vapeur des viandes fraîchement tuées ou dépecées au sortir du feu, on entretiendra sa santé en même temps que son l'embonpoint.

Quand les molécules nourricières s'échappent des aliments et vont avec l'air dans les poumons, elles se trouvent là directement en contact avec le sang pour lui fournir la substance qui fait les chairs. C'est un travail de moins pour les organes digestifs, et par conséquent un principe contre l'indigestion, qui toujours nuit à la santé et surtout à l'embonpoint.

Aussi voyons-nous en général ceux qui se trouvent fréquemment sous l'influence de ces vapeurs nourricières, tels que les bouchers, les traiteurs, quoique d'ordinaire mangeant peu, être plus sujets que tout autre à l'embonpoint ; nous pourrions même comprendre dans cette catégorie les personnes qui, habituellement à table, dépècent les viandes, car l'on voit presque toujours ces personnes devenir grasses, et cependant cette espèce de service d'honneur, par le temps et l'attention qu'il réclame, détourne le dépeceur du soin de fournir son estomac autant que les autres convives.

Nous avons encore à observer le régime de la parole, qui devra ici se pratiquer à l'opposé de ce qui a lieu ordinairement, c'est-à-dire que l'on parlera de moins en moins, afin que cette force de la poitrine, qui se dépense pour la parole, tourne de plus en plus au profit de l'estomac, dont l'action digestive a besoin d'être soutenue en proportion de la quantité de nourriture qu'il reçoit.

En outre, si l'on ne veut rien négliger touchant l'embonpoint, la nourriture, au commencement du repas, aura à peu près la même chaleur que le corps, et ira en décroissant, c'est-à-

dire qu'après avoir pris de la nourriture com-
portant environ les 37 degrés de chaleur inté-
rieure du corps, on arrivera progressivement à
manger froid à la fin du repas, aussi la compacité
de la nourriture, jointe à cette décroissance de
chaleur, en conduisant au calme, pourra provo-
quer le sommeil ; dans ce cas, si l'on se trouve à
même de s'endormir durant quelques minutes
sans qu'il en résulte de regret, la digestion se
fera mieux et le corps profitera davantage.

Néron, le dernier des César, pour servir son
barbare instinct de conservation, n'a pas craint
de sacrifier deux hommes, dans le but de s'assurer par ses yeux à quel point était la digestion
après une heure de course, ou après le même
espace de temps donné au repos. Cette expérience
de l'homme cruel nous a donné à connaître que la
digestion s'accomplissait mieux par le sommeil
que par tout autre moyen connu jusqu'alors.

S'il ne s'agissait que d'activer la digestion sans
avoir égard à l'embonpoint, nous donnerions la
préférence à l'exercice désigné dans notre ouvrage sous le nom de DIGESTOT, car cet exercice
de l'estomac nous a toujours mieux réussi que
le sommeil pour activer la digestion ; mais ici
nous n'aurons à renvoyer audit ouvrage que pour
le moyen médical que nous y avons rapporté
pour les personnes qui voudront l'ajouter aux
moyens que nous produisons ici afin d'arriver

encore plus vite à se donner de l'embonpoint.

Tant de hauts personnages, que l'on voit se promener avant de prendre leur repas, répartiraient mieux leur embonpoint si ce tour de promenade se faisait à pied, et leur fortune tournerait davantage au profit de leur santé, s'ils prenaient soin, durant cette promenade hygiénique, de pratiquer la respiration *nasa-buccale* balancée, cadencée et de temps à autre progressive. Les organes étant ainsi épurés, ne peuvent que mieux digérer au profit de la santé.

Aux articles précédents, il a été donné à connaître que l'on pouvait augmenter telle ou telle autre partie du visage, selon sa volonté. Il en sera de même pour diriger l'embonpoint du corps ; ce résultat, regardé comme phénomène, peut se réaliser par les principes ci-dessus, en y ajoutant ceux qui suivent : 1° la manière de se poser, 2° *le rhume factice*, page 24, 3° *la frétillette*, 4° l'alimentation par l'haleine, et 5° la puissance de la volonté.

Ce nouveau traitement pour aider la nature à se développer, sera d'un grand secours à plus d'une dame qui regrette de ne pas avoir certaines parties de la poitrine aussi saillantes qu'elle le désire.

Dans ce cas, n'ayant plus comme pour les rides à faire rentrer les chairs et la partie à traiter présentant du poids, ce poids sera utilisé pour faciliter le développement.

Le lieu et le temps les plus propices à ce genre de traitement sont dans le lit et le matin au moment du réveil; de plus il ne faut pas se tenir sur le dos, car dans cette position les parties qui doivent ressortir s'affaisent par l'effet de leur propre poids, ce qui est un obstacle à leur développement. On devra donc durant le traitement se tenir à l'opposé, et de sorte que la force de gravité de ces mêmes parties les porte naturellement dans leur position la plus convenable, puis on se met à l'œuvre.

On produit le rhume factice afin de bien imprégner la main de l'haleine qui doit contribuer au développement désiré et aussi pour entretenir la chaleur de la main à un degré toujours un peu plus élevé que la chaleur de la partie avec laquelle elle va se mettre en contact.

Puis la main commence à frétiller autour de la rondeur pour remonter circulairement jusqu'à son extrémité par un mouvement continu que l'on reprend sans interruption, jusqu'à ce que la main ait besoin d'être imprégnée de nouveau pour recommencer et ainsi de suite, tant que la main n'est pas fatiguée ou que l'on n'a pas ressenti une chaleur douce à l'intérieur, indice de la circulation bien rétablie. Tant que cette circulation n'a pas lieu, il n'est pas de développement possible; ou ce développement ne sera pas durable si on l'a obtenu par l'irritation ; c'est pourquoi la main doit agir avec beaucoup de légèreté, de continuité, et adoucir son frétillement à l'aide du coude qui balance par un mouvement arrondi. Puis sitôt que le sang prend de l'agitation, la main cesse pour reprendre dès que le calme se rétablit. Notons à cette occasion que la *frétillette* faite avec plus de force, et de suite, sur la place d'un coup reçu, sauve de tout danger.

La pensée est une force pour toutes les actions du corps humain, elle sera ici d'un grand secours pour augmenter la puissance de notre moyen ; en conséquence, on portera toute la force de la pensée sur le point où doit s'opérer le développement, en accordant cette force de la pensée avec la rapidité du mouvement de la main. On appréciera l'influence que peut avoir la volonté pour faire porter les molécules nourricières dans la direction que l'on désire, si l'on considère que la femme, lorsqu'elle est en état de grossesse, peut, rien que par la force de la volonté, modifier la propre nature de l'enfant que la nature même fait germer dans son sein.

Pourquoi cela ? parce qu'il peut arriver que la nature instinctive se trouve en état de faiblesse, et que les organes de la volonté soient au même moment dans toute leur puissance. Dans cet instant, l'ordre naturel peut dévier de son immuable régularité.

Le *rhume factice* est la plus grande force que l'on puisse produire pour faire porter les fluides dans la partie supérieure du corps ; aussi doit-il être essentiellement conduit par la plus grande force de volonté pour bien diriger ces fluides. Par cette puissance de la volonté, on peut même obtenir quelques modifications dans l'apparence de son caractère ; par exemple, veut-on donner à la figure un air ouvert, un air de franchise : les yeux et la tête se lèvent, tandis que la force du rhume factice et de la pensée pousse à ce caractère. Une certaine continuité de cet exercice ne serait pas sans influencer le moral.

Dans notre *Révolution dans la marche*, nous avons plus d'une fois donné à connaître combien la pensée, dirigée à propos, pouvait apporter de soulagement ; par exemple : quand la volonté fait lever la jambe pour marcher, si la pensée se répand dans toute l'étendue de cette jambe, la pensée se trouve pour ainsi dire brisée quand la jambe plie, et l'on ressent quelque chose de dur dans le pas, tandis que si l'idée se porte seulement au genou, il fléchit avec plus de facilité. Le bas de la jambe qui, par ce fait, se trouve en plein abandon, balance d'arrière en avant, et produit une force d'entraînement qui n'a pas lieu quand la pensée établit une espèce de fermeté dans toute l'étendue de la jambe. Puis au moment où le genou s'élève, si l'idée le quitte pour se porter au talon, afin de l'aider à se soulever, on ressent dans son pas un double soulagement.

De plus, si l'on compte *une*, *deux*, pour régler ces deux temps de mouvement, on obtiendra en quelque sorte une augmentation de force et de légèreté. Il en sera de même pour tous les exercices que l'on cadencera.

Un dernier mot sur la *frétillette*.

Il en est du mouvement de la main, quand elle frétille la peau, comme pour la musique, lorsqu'elle agit sur un instrument dont les cordes résonnent plus ou moins bien, selon le degré de dextérité de l'artiste.

Les personnes, non habituées à cet exercice, devront, en l'exécutant, concentrer dans la main pour ainsi dire toute l'activité et la précision dont elles sont susceptibles. La *frétillette* est telle qu'à nous-mêmes, qui avons établi ce mouvement, il nous arrive que la main gauche ne peut en faire ressortir tous les bienfaits, par l'habitude que nous avons d'exercer la droite, et, s'il faut le dire particulièrement, étant marié, j'ai l'occasion de mettre plus facilement mes découvertes à profit : ma femme, comme bien d'autres, avait l'habitude, pour mieux se soigner le visage, de frotter fortement, avec une éponge ou

un linge mouillé, ou enfin de même avec la main ;
j'ai dû, dans la crainte qu'elle ne se détériore la
peau, lui proposer la substitution du frétillement
au frottement. Chaque fois que j'agis de la main
gauche, ses nerfs, d'une disposition très irrita-
ble, sont agacés, tandis que l'on me sollicite
à recommencer quand c'est la main droite qui
fait l'office. Aussi commence-t-elle à s'exercer à
la *frétillette,* stimulée par les bienfaits qu'elle en
éprouve, et à lui donner la préférence sur l'eau,
vu qu'en attirant les fluides du corps à la peau,
elle prend de la tonicité, au lieu que l'eau l'amollit.

Puisque nous sommes sur le chapitre des
confidences, je ne puis passer sous silence une
petite scène d'exercice, qui est venue à propos
corroborer l'esprit de ma femme dans l'adoption
du nouveau traitement par *contre-choc* donné au
premier chapitre.

Si nous étions au temps de Socrate, de cet
époux si patient, il eût pu apprécier ce mérite
si peu justifié d'une femme qui, continuellement,
actionne son mari quand il a besoin de calme, et
semble lui dire par ses mouvements d'impatien-
ce : « Parlons d'autres choses que de ta science. »
Enfin ne pas avoir seulement la satisfaction que
Molière trouvait dans sa servante, celle d'être
écouté, afin de pouvoir mieux se fixer sur l'opi-
nion publique touchant ses écrits, par l'effet
produit sur un jugement naturel.

Je dirai donc que ces contrariétés incessantes ont été en quelque sorte la cause des contre-impressions que j'ai établies, pour contrebalancer celles que ma femme venait ajouter à d'autres, inévitables quand d'une part l'on sent! et que de l'autre la santé ne répond pas à nos désirs.

Du côté de ma femme, ce n'est pas méchanceté, mais bien par son trop de vivacité, qui la porte instinctivement à suivre son premier mouvement et la rend parfois inconsidérée ; joignons à cela une volubilité de paroles qui vient me détourner du soin que je pourrais prendre de lui faire profiter de mes nouvelles découvertes.

Mais enfin, pour les esprits qui ne sont pas toujours dans leur assiette, je crois avoir obtenu un succès : j'ai pu faire entrer quelque chose dans la tête de ma femme ; elle commence à suivre le *contre-choc*, et déjà le corps, le cerveau et le caractère ont gagné sensiblement.

Bref, voilà la petite scène de contre-choc qui a eu lieu tout récemment : J'ai voulu mettre ma femme à l'épreuve, afin de m'assurer si elle répondrait hygiéniquement à la surprise que j'avais l'intention de lui faire ; en conséquence, je saisis le moment où elle était baissée pour la pousser par derrière et lui faire donner de la tête contre un matelas qui se trouvait à proximité ; elle ne put crier tant elle fut impressionnée par ce mouvement subit et tant elle était occupée à battre de l'aile, pour ainsi dire, sans pouvoir assurer son équilibre ; mais songeant au contre-choc, elle reprend haleine comme pour sangloter, ainsi qu'il a été dit au premier chapitre, elle se relève, pirouette en disant gaiment : *Moi, je n'ai peur de rien !* puis se mit à chanter et la bonne humeur ne la quitta pas de la journée, tandis qu'avant sa nouvelle étude, la moindre impression de surprise lui agaçait les nerfs jusqu'à ce qu'elle en fût détournée par un action intéressante.

D'autre part, j'ai pu lui faire comprendre, par les effets qu'elle en a ressentis, que la marche, pratiquée de manière à ce que la pose du pied ne réponde pas dans la tête, était une cause de la conservation du cerveau et aussi des traits du visage, qui toujours se détériorent quand le cerveau éprouve de la fatigue. Que n'obtient-on pas sur soi-même, rien que par la force de la volonté ?

Élevons donc nos pensées vers le ciel pour obtenir cette force de volonté à bien gouverner notre être : c'est un hommage rendu au Créateur que de chercher à mieux conserver son ouvrage.

Nous dirons pour finale que, d'après le goût dominant de la nation française pour la beauté personnelle, nous sommes certains que nos dames nous aideront à réaliser cette pensée que : Avant dix ans, la nation française sera étincelante de beauté sans fard et dont l'art, au moins cette fois, sera d'accord avec la nature !

www.ingramcontent.com/pod-product-compliance
Ingram Content Group UK Ltd.
Pitfield, Milton Keynes, MK11 3LW, UK
UKHW020016080726
13614UKWH00003B/1390